AF176106

Josephine Dupont

Francine – Die lüsternen Erlebnisse einer Novizin

Die ersten Tage im Kloster

ISBN: 978-3-7519-1911-1

Inhalt:

Seite

+ Die Ankunft 7

+ Die Einführung bei Mutter Marie 13

+ Die Beichte bei Oberin Claudine 27

+ Küchendienst mit Lilou und Florence 47

+ Die Buße mit Schwester Bernadette und

Schwester Brigitte 57

+ Die Nacht mit Schwester Chantal 73

Die Ankunft:

Mein Name ist Francine Lacroix. Ich bin 18 Jahre alt und in einem kleinen Vorort von Paris aufgewachsen. Ich bin etwa 1,68 Meter groß, wiege 53 Kilo, habe schulterlange blonde Haare, einen recht fitten und straffen Körper mit Brüsten in Körbchengröße B.

Meine Eltern habe ich im Alter von 8 Jahren verloren. Seither habe ich meiner Großmutter Stephanie gelebt.

Ich habe keine sehr schöne Kindheit erlebt. Meine Oma ist Alkoholikerin. Unter zwei Flaschen Wodka am Tag, hat sie es nicht geschafft.

Auch meine eigenen Erlebnisse mit den Mitmenschen fallen alles andere als positiv aus.

Ebenso habe ich mit dem anderen Geschlecht keine guten Erfahrungen gemacht.

Aus diesen Gründen habe ich mich entschieden, mein Leben als Nonne verbringen zu wollen. Ich habe ein schönes, abgelegenes Kloster gefunden, welches in einem Waldstück zwischen Fontainebleau und Bourron-Mallote erbaut worden ist. Seit dem 14. Jahrhundert wird die Institution schon von den Schwestern betrieben. Die Zeit ist doch stehen geblieben. Anstatt Strom gibt es Kerzen, anstatt Internet und Wlan gibt es Bücher und Gartenarbeit. Kein Fernsehen, kein Radio – hier lebt man das Leben noch an sich.

Es ist der 1. Juli, als ich an der Pforte zu meinem neuen Leben anklopfe. Es handelt sich hierbei um ein altes Holztor, welches in eine schon halb verfallene Steinmauer eingearbeitet ist, welche anscheinend das gesamte Grundstück einschließt.

Mutter Marie, die oberste Schwester des Klosters, öffnet mir persönlich die Tür und bittet mich einzutreten. Ein Koffer mit etwas Kleidung, zwei Handtüchern, einer Zahnbürste und vier Bildern, die mich daran erinnern sollen, weshalb ich hierhergekommen bin, sind alles, was ich bei mir trage.

Von außen sieht man dem unverputzten Wohngebäude sein Alter mehr als an. Kaum eine Wand, die noch gerade ist. An den Fenstern sind Holzläden, die mit Metallschienen zu sichern sind. Das alte Dach ist etwas verfallen, zumindest scheint es Stellen zu geben, durch die es regnet und stürmt. Moosbewuchs ist deutlich zu erkennen. Auch Schimmel macht sich breit.

Im Garten arbeiten fünf oder sechs Nonnen in Gemüsebeeten. Sie sehen ziemlich jung aus. Hinten ist eine Art Gewächshaus zu erkennen und das einzige, andere Gebäude auf Grundstück scheint eine kleine Kapelle zu sein, wo die Schwestern wohl ihren Gottesdienst wahrnehmen.

Mutter Marie erkundigt sich auf dem Weg von der Außenmauer zum Wohngebäude, ob ich es denn direkt gefunden hätte und ich erwidere ihr, dass ich damit kein Problem gehabt hätte. Ich stelle fest, dass eigentlich alle Klosterschwestern, die ich sehen kann, noch ziemlich jung wirken. Daraufhin erklärt mir die Ordensschwester, dass sie mit 38 Jahren die zweitälteste Nonne hier im Kloster sei. Nur Mutter Oberin Claudine, die für die Gottesdienste und die Beichten verantwortlich ist, sei mit 43 Jahren noch älter. Ich nicke. Dann betreten wir das Haupthaus.

Innen dann ein ähnliches Bild, wie draußen. Alles sieht ziemlich alt und verfallen aus. Es riecht überall etwas faulig und muffig. Die Wände sind mit Moos befallen und teilweise läuft auch Wasser an den Wänden herunter.

Dann betreten wir „das Büro" von Mutter Marie.

Die Einführung bei Mutter Marie

Mutter Marie bittet mich, dass ich mich auf den Stuhl gegenüber ihrem Schreibtisch setze. Sie selbst nimmt auf ihrem Lehnstuhl hinter dem alten Tisch platz.

Ich sehe mich etwas um, während Mutter Marie einen Umschlag aus ihrem Schreibtisch hervor holt und darin blättert.

Alle Möbel in diesem Zimmer sind alt und dunkelbraun. Fast sieht es wie bei Großmutter aus. Direkt neben der Tür befindet sich eine Art Holzliege mit einer recht dünnen Matratze. Am Kopfende derselben steht ein kleiner Nachttisch. Fast wirkt es so, als würde Marie hier schlafen, oder wie ein Psychiater Menschen auf „die Couch" setzen, um mit ihnen über ihre Leiden zu reden. Die Wände des Raumes sind hellbeige gestrichen und ebenfalls teilweise von Moss befallen und sehr rissig. Ansonsten befindet sich in diesem Zimmer nur ein recht großer Schrank mit einer Glasscheibe an jeder der vier vorhandenen Türen, in dem viele Ordner und Papiere zu erkennen sind.

Nachdem sie scheinbar die Unterlagen gefunden hat, die für unser Gespräch erforderlich zu sein scheinen, beginnt Mutter Marie eine nette Unterhaltung mit mir.

Sie erfragt meine Motive, ob ich mir denn bewusst wäre, was es insgesamt bedeutet, einen Bund mit Gott einzugehen und ein Leben als Nonne in einem Kloster zu führen.

Fast komme ich mir vor, wie bei einem Vorstellungsgespräch. Fast, denn auf einmal habe ich das Gefühl, dass sich die Unterhaltung in eine ganz andere Richtung entwickelt, wie ich sie erwartet habe.

Nachdem wir alle Formalitäten erledigt haben, steht Mutter Marie auf, grinst mich verschmitzt an und geht zu dem großen Schrank hinter mir. Dort gibt es eine Schublade, die sie öffnet. Als sie dies macht, bittet sie mich aufzustehen und mich vollends zu entkleiden. Ich erschrecke mich im ersten Moment und sehe entsprechend angespannt zu ihr herüber.

Sie lächelt beruhigend und erklärt mir, dass ich mich nun meiner weltlichen Kleidung entledigen muss, um mich wie eine Nonne zu kleiden.

Aus der Schublade entnimmt sie eine zusammengefaltete Schwesternkutte auf der ein kleines Holzkreuz und ein Rosenkranz liegen.

Sie steht nun da. Hält die Kleidung und die Gegenstände in der Hand und wartet. Sie erklärt mir freundlich, dass auch Gehorsam gegenüber den älteren und höher gestellten Nonnen eine Pflicht einer jeden Novizin ist.

Etwas verschämt, aber dennoch unverkrampft ziehe ich meine hellblaue Jeans und mein weißes T-Shirt aus, falte sie ordentlich zusammen und lege beide Kleidungsstücke auf den Stuhl, auf dem ich eben noch gesessen habe.

Erneut und in einem etwas strengeren Ton, bittet Mutter Marie mich nun, dass ich mich endlich VÖLLIG entkleiden soll, wie sie es mir eben aufgetragen hat.

Jetzt werde ich innerlich wieder etwas unruhiger. Ich erkundige mich, ob ich denn spezielle Büstenhalter und Unterhosen zu tragen hätte, als Nonne.

Mutter Marie lacht. Sie geht zügig auf ihren Schreibtisch zu und an mir vorbei. Dort angekommen legt sie meine Nonnenkutte ab und stellt sich vor mich. Sie hebt ihre eigene

Kutte an und zeigt mir, dass sie unter ihrem Habit (= Nonnenkutte) nichts trägt. Ihre intimste Stelle ist blank rasiert. Sie erklärt mir, dass das hier so Brauch wäre. Seit mehr als 400 Jahren. Dabei grinst sie wieder. Wir sehen uns einen Moment lang tief in die Augen. Mutter Marie ist etwa einen halben Kopf größer als ich. Etwas verlegen blicke ich nach oben. Dann zieht sie ihren Habit komplett aus und legt ihn über den Stuhl. Nun kann ich ihren gesamten, wunderschönen Body bewundern. Sie trägt keinen Büstenhalter. Meine Blicke wandern über ihren gesamten Körper. Er ist viel glatter und ansehnlicher, als ich es bei einer Frau ihres Alters erwartet habe. Immerhin könnte Mutter Marie ja auch meine tatsächliche Mutter sein.

Wie in Trance ziehe ich meinen Büstenhalter aus. Mutter Marie lächelt mich freundlich an.

Ich fühle eine Mischung aus Aufgeregtheit und vollkommener Gelassenheit. Ihre rechte Hand erreicht meine linke Schulter. Zart berührt sie mich und ich bekomme eine Gänsehaut.

Mutter Marie nähert sich mir weiter. Der Zeigefinger ihrer Hand wandert von meiner Schulter über meinen Hals zu meiner rechten Wange. Tief sieht sie mir in Augen.

Als ihr Finger von der Wange zu meinem Ohrläppchen hinwandert, neige ich meinen Kopf leicht zur Seite.

Mutter Marie hält nun meinen Hinterkopf mit ihrer Hand fest und schiebt mein Haupt langsam, aber stetig, auf ihr Gesicht zu. Ich schließe die Augen und unmittelbar darauf spüre ich ihre warmen, zarten Lippen auf meinen Mund. Blitze durchfahren mein Gesicht. In meinem Bauch macht sich erst ein raulisches, dann ein entspannt warmes

Gefühl breit. Die Ordensschwester bringt nun auch ihre Zunge ins Spiel. Langsam dringt sie in meine Mundhöhle ein. Ich erwidere das Spiel sofort. Unsere Atmung wird intensiver. Jetzt drückt sie ihre wunderschönen, straffen Brüste gegen meine. Unsere Nippel berühren sich und ganz automatisch möchte ich noch mehr Nähe spüren. Ich drücke meinen Unterleib gegen den von Mutter Marie, die daraufhin mit ihrer freien Hand, an meinen Po greift und mich so noch näher an sich herandrückt. Unsere Brustwarzen werden hart und das Gefühl, wenn sie sich in die Brust, der jeweils anderen drücken, ist wundervoll zu spüren.

Unsere Zungen spielen miteinander, und als ich meine Augen kurz öffne, kann ich erkennen, dass die Nonne ihre Augen geschlossen hat.

Nun greift sie mit beiden Händen an meinen Po, knetet meine Bäckchen erst leicht, dann fester. Sie greift in mein Unterhöschen und lässt es langsam nach unten gleiten.

Ihr Mund verlässt hierbei mein Gesicht und wandert, meinen Hals zärtlich liebkosend, über meine Brüste, hin zu meinem Bauchnabel, wo die Schwester einen Moment lang verweilt, bis sie mich meiner Unterhose vollends entledigt hat. Sie kniet nun vor mir und ich schaue zu ihr herab. Ich lächle zufrieden und auch Mutter Marie scheint den Moment sehr zu genießen. Dann greift sie mit ihren beiden Händen erneut an meine Pobacken und reibt diese. Währenddessen wandert ihr Gesicht von meinem Bauchnabel weiter herunter. Als sie an meiner blankrasierten, empfindlichsten Stelle ankommt, entdeckt sie mein Intimpiercing. Sie erkundigt sich mit neugierigem Blick, was dies genau wäre und wie es sich damit leben würde. Ich erwidere ihr, was es ist und wie es „funktioniert". Mutter Marie ist begeistert und beginnt damit zu spielen. Sofort durchfahren mich Blitze der Lust und ich spüre, dass ich recht schnell, sehr feucht werde.

Erneut schließe ich meine Augen und genieße ihre zärtliche Behandlung. Ich kann mich kaum auf den Beinen halten. Also halte ich mich in ihren Haaren fest. Immer intensiver liebkost mich Mutter Marie. Dann bittet sie mich, dass ich mich rücklings auf die Liege begeben soll, die hinten im Zimmer steht. Dafür steht die also da, denke ich so bei mir und mache, was die Nonne von mir gewünscht hat.

Als ich daliege und sie erwarte, steigt sie langsam über mich und wir küssen uns erneut. Dabei greife ich mir ihre Pobacken und spiele mit ihnen. Ich reibe sie, kratze etwas darauf herum und Mutter Marie, kann sich ein schmutziges Lächeln, während ihrer intensiven Zungenkussbehandlung nicht verkneifen.

Dann spielt sie erneut mit einem ihrer Finger an meinem Piercing herum. Ich keuche und stöhne leicht. Das törnt Mutter Marie anscheinend richtig an. Sie steigt von mir herab und versenkt ihr Gesicht in meinem Schoß. Zuerst liebkost sie mich mit ihrer Zunge. Ich greife nach ihrem Kopf und kralle mich in ihren Haaren fest. Immer wieder spüre ich eine große Hitze in mir aufkommen. Immer wieder versteht Mutter Marie es grandios die Intensität ihrer Reizungen so zu steuern, dass ich noch keinen Höhepunkt erlebe. Hmmmm ist das erregend. Mutter Marie weiß genau, was sie tut.

Dann fragt sie mich, ob ich sie denn auch einmal schmecken möchte.

Ich grinse leicht schwitzend und keuchend.

Die Nonne lächelt und setzt sich mit ihrer intimen Stelle auf mein Gesicht. Etwas ihres Lustsaftes läuft ihr bereits aus ihrer nassen Spalte heraus.

Sofort beginne ich damit, sie mit meiner Zunge zu verwöhnen, während sie mich nun mit zwei ihrer Finger stimuliert. Immer tiefer und fester dringt sie in meine feuchte Höhle ein. Auch Mutter Marie scheint von meiner Behandlung sehr stimuliert zu werden. Immer wieder zuckt sie mit ihrem Unterleib und kann sich kaum auf meinem Gesicht halten.

Diese seltsame Mischung aus Geilheit, diesem Ort und dem feucht-modrigen Geruch, geben dieser Situation eine ganz besondere Note. Hier bin ich richtig, denke ich so bei mir, während wir beiden uns nach allen Regeln der Kunst verwöhnen.

Unter immer lauterem Stöhnen nähern wir uns beide dem Höhepunkt unserer verdorbenen Tat, und als es soweit ist, erreichen wir diesen herrlichsten Moment eines jeden Liebesaktes tatsächlich fast zusammen. Für mich fühlt es sich an, als würden mich tausend Blitze gleichzeitig durchfahren.

Als wir uns wieder etwas gefangen haben, dreht sich Mutter Marie zu mir um, wir küssen uns leidenschaftlich und verweilen noch einen Moment lang in dieser Pose. Dann bittet sie mich aufzustehen. Ich folge ihr an ihren Schreibtisch, wo sie mir meine Kutte überreicht und ich sie auch sogleich anziehe.

Sie sitzt wie angegossen. Danach überreicht sie mir, immer noch nackt, wie unser Herr sie geschaffen hat, mein Kreuz an der Kette und meinen Rosenkranz.

Unmittelbar darauf stellen wir uns vor einen Spiegel. Mutter Marie steht versetzt hinter mir und streicht mir über meine Schultern, während ich mich und damit auch mein neues Leben im Spiegel vor mir betrachte. Es fühlt sich richtig an. Ich drehe mich zu Mutter Marie, sie lächelt und erklärt mir, dass sie sehr froh darüber ist, dass unser Herr mir meinen Weg hierher in dieses Kloster gewiesen hat.

Dann geht sie zu ihrem Habit und zieht sich wieder an. Auf dem Weg dorthin betrachte ich mir ihren knackigen Hintern ein weiteres Mal. Was für ein Prachtstück.

Als sie wieder vollständig bekleidet ist, überreicht Mutter Marie mir eine Pappkarte, auf der mein Zimmer benannt und einige andere wichtige Informationen zur Örtlichkeit beschrieben sind. Unter anderem erfahre ich, dass es, weil es kein fließend Wasser gibt, keine Toiletten im neuzeitlich bekannten Sinne gibt. Daran werde ich mich wohl erst gewöhnen müssen, aber wenn hier alle Schwestern das Ordensleben so praktizieren, wie die Leiterin, dann werde ich mich damit bestimmt gut abfinden können.

Mutter Marie setzt sich wieder hinter ihren Schreibtisch, ruft eine Ordensschwester zu uns in den Raum und bittet diese, mir den Weg zu meinem Zimmer, das Grundstück und die weiteren Regeln und Gepflogenheiten des Klosters näher zu bringen.

Als wir den Raum verlassen, drehe ich mich noch einmal zu Mutter Marie um, und wünsche ihr noch einen angenehmen Tag. Sie tut es mir gleich und erklärt mir, dass wir uns beim Frühstück wieder sehen würden.

Die Beichte bei Oberin Claudine

Der Rest meines Ankunftstages ist dann eher normal verlaufen. Die 23-jährige Schwester Justine, die hauptsächlich die Hausarbeiten im Wohnhaus verrichtet, hat mich zu meinem Zimmer geführt.

Darin befindet sich ein schmales Holzbett, in dem wohl schon Generationen von Nonnen geruht haben. Gegenüber meiner Schlafstätte stehen ein kleiner Schreibtisch und ein Stuhl. Dazwischen ist ein Fenster in der Wand, welches zu meiner großen Freude Richtung Osten geht. So habe ich im Sommer abends zumindest keine Sonne. Natürlich ist auch mein Fenster mit einem alten Holzladen versehen. Direkt links neben meiner Zimmertür, die man wie alle anderen Türen im Haus nicht verriegeln kann, befindet sich mein Holzschrank. Er bietet all meinen Habseligkeiten ausreichend Platz. Weiterhin liegen hier einige Kerzen, die ich bei Dunkelheit anzünden kann und zwei wirklich alte Bibeln, so denke ich, werde dann aber belehrt, dass es sich nur um eine Bibel und ein Gesangsbuch handelt, welches ich in die sonntäglichen Gottesdienste mitzubringen habe.

Unten rechts im Schrank steht ein alter Holzeimer, den Justine mich bittet mitzunehmen, wenn ich mich waschen möchte. Auf dem Grundstück des Klosters gibt es insgesamt drei Brunnen. Einer davon befindet sich im Garten. Dieser wäre ausschließlich für die Bewässerung zu nutzen. Zwei weitere befinden sich im Hof des Wohnhauses. Diese dienen der Körperpflege, der Reinigung der Kleidung und der Küche, für das dort benötigte Wasser. Dies erklärt mir die junge Nonne, während wir uns auf den Weg zum „Waschraum" machen. Plötzlich wird mir bewusst, dass Brunnenwasser immer etwa so kalt ist, wie es Außentemperatur hat. Brrrrrr. Allein schon bei dem Gedanken daran, dass ich mich mit drei bis zehn Grad kaltem Wasser waschen soll, lässt mich meine Entscheidung, hier zu leben, doch wieder überdenken.

Justine erklärt mir, dass sie mir an der Nasenspitze ansehen würde, was ich gerade denke. Aber sie versucht mich damit zu beruhigen, dass man sich sehr schnell an das Waschen mit dem kalten Wasser gewöhnt hat. Ebenso schnell hätte man sich mit der Benutzung der sogenannten Toilette angefreundet, die mehr oder weniger ein Loch mit einem Brett, umgeben von einer Stein-

und zwei Holzwänden darstellt. Justine erklärt mir aber weiter, dass vor allem die kleinen Geschäfte an jeder anderen, geeigneten Stelle verrichtet werden können. Wir Mädels sind ja schließlich unter uns, in diesem Kloster. Dabei lacht sie verschmitzt und entlässt mich dann in den Abend.

Nicht allerdings, ohne mir die Essenszeiten und die allgemeinen Aufweck- und Schlafenszeiten zu nennen. Um 5 Uhr wird aufgestanden, um 6 Uhr gefrühstückt, um 12 Uhr gibt es Mittagessen, um 18 Uhr Abendbrot, um 19 Uhr zieht man sich zurück auf sein Zimmer und um 21 Uhr wird geschlafen.

Erneut beruhigt mich Justine, indem sie mir erklärt, dass das alles seinen Sinn hat, und dass man sich sehr schnell daran gewöhnt.

Dann verabschiedet sich die junge Nonne bei mir und entlässt mich endgültig in den Abend.

Ich begebe mich zurück auf mein Zimmer, lege mich in mein Bett und lasse diesen ereignisreichen und einschneidenden Tag noch einmal Revue passieren.

In der ersten Nacht, in meinem neuen zu Hause, kann ich nur sehr schlecht schlafen. Andauernd werde ich wach, ich winde und drehe mich, bis mich die Müdigkeit dann doch übermannt.

Am Ende ist die Nacht dann viel zu kurz gewesen, als mich Justine am nächsten Morgen um 5 Uhr weckt. Im Halbschlaf greife ich nach meinem Eimer, um zu einem der beiden Brunnen gehen zu können und muss auf dem Weg dorthin feststellen, dass ich die einzige Nonne bin, die ihre Kutte trägt. Als ich an einem der beiden Brunnen ankomme, fragt mich eine sehr attraktive, junge Frau, ob ich denn neu wäre, was ich bejahe und sie frage, ob sie dies daran erkannt hätte, dass ich als einzige hier Kleidung tragen würde. Sie erwidert mir lachend, dass sie dies zum einen daran erkannt hätte, zum anderen aber auch daran, dass mein Schleier weiß wäre. Nur Novizinnen tragen weiße Schleier. Bei ausgebildeten Nonnen wäre der Schleier stets schwarz.

Wieder was gelernt sage ich mir, erkundige mich nach dem Namen meiner Gesprächspartnerin, der Lilou lautet, und dann gehen wir gemeinsam Richtung Waschraum. Auf dem Weg dorthin betrachte ich mir die junge Frau, die ich Mitte 20 schätzen würde etwas genauer. Ebenso wie Mutter Marie hat auch sie sehr reine und glatte Haut. Ihr kleiner Apfelpo steht richtig süß leicht nach hinten ab und ihre langen, blonden Haare würden vielen Männern in der Außenwelt gnadenlos den Kopf verdrehen.

Dann kommen wir im Waschraum an und ich muss erkennen, dass es gar keinen Sinn hat, hier Kleidung mitzubringen, weil es keine Möglichkeit gibt, die Kutte aufzuhängen. Ich sehe mich einen Moment lang in den Raum um und werde ebenso von den anderen Frauen beobachtet. Tatsächlich scheint keine der 11 oder 12 Damen über 30 Jahre alt zu sein.

Ich ziehe meinen Habit aus und natürlich werde ich dabei weiter betrachtet.

Zweifelsfrei bin ich die jüngste Frau in diesem Raum. Das finde ich schön. Dann stellt mich Lilou kurz vor. Sie erklärt, dass ich Francine bin und Novizin. Die anderen Frauen grüßen mich freundlich, so wie Frauen das halt tun, wenn jemand neu und jünger ist, aber ich sehe das als Kompliment.

Nachdem ich meine Kutte nun vor dem Waschraum abgelegt habe, nehme ich meinen Eimer, stelle mich über einen der vielen Abflüsse, die es hier gibt, greife mir eine der Kernseifenstücke und beginne mich zu Waschen. Dabei sehe ich mich erneut um. Einige der Nonnen haben dicke, weiche Schwämme mit denen sie sich einseifen. So einen möchte ich auch gerne haben. Ich frage bei Lilou nach, wo ich einen solchen Schwamm denn herbekommen könnte und sie antwortet mir, dass die in den Schränken der Zimmer liegen würden. Ich erkläre ihr, dass ich in meinem Schrank keinen gefunden hätte. Sie lächelt mich an, kommt mit ihrem Kopf ganz nah an meinen und flüstert mir zu, dass ich selbst dafür sorgen müsste, dass dort einer liegt. Dies zu erreichen wäre über zwei Wege möglich. Dazu würde sie mir aber gerne später etwas sagen und nicht jetzt, da sie diese Woche Küchendienst hätte und wieder los muss.

Also akzeptiere ich erst einmal, dass ich keinen Schwamm habe und überlege mir, wie ich wohl an einen Solchen kommen könnte. Irgendwie muss ich da sofort wieder an Mutter Marie und gestern denken.

Dann kommt der große Moment: Ich bin eingeseift und tauche meine beiden Hände in den Eimer und versuche mich so von der Seife zu befreien. Leider kann ich nicht genug Wasser in meinen Handflächen aufnehmen und das Nass, dass ich versuche auf mich laufen zu lassen, verliere ich auf dem Weg dorthin. Also gibt es nur eine Möglichkeit. Ich nehme den Eimer und schütte mir das Wasser über. Einige der anderen Nonnen haben dies auch schon getan. Also los. Ich mache es. Und es ist noch viel kälter, als ich es erwartet habe. Sofort bekomme ich eine

Gänsehaut und meine Nippel werden hart. Ich reiße meine Augen weit auf und sehe mich wieder um. Viele der anwesenden Frauen halten sich die Hand vor den Mund und lachen. Sie lachen über mich. Eine der Frauen, beim Frühstück habe ich erfahren, dass sie Bernadette heißt, geht beim Rausgehen ganz nah an mir vorbei und schnippt über eine meiner Brustwarzen und sagt „Brrrrrr" dabei. Ich schäme mich etwas und eine andere Nonne ermahnt Bernadette, dass nicht automatisch jede Novizin ihr gehören würde. Dabei zwinkert mir die andere Frau, deren Name Florence ist, zu und fährt mit ihrer Zunge über ihre Oberlippe.

Bibbernd vor Kälte lege ich die Kernseife wieder zurück, greife meinen Eimer, hebe meinen Habit vom Boden auf und bewege mich schnell zurück in mein Zimmer. Dort angekommen greife ich mir ein schnell ein mitgebrachtes Handtuch, reibe mich trocken und ziehe mir meine Kutte an. Dann lege ich das Handtuch zum Trocknen über den Stuhl und durchsuche den Schrank nach einem Schwamm. Keiner da. Wie vermutet.

Dann wird es Zeit fürs Frühstück. Ich nehme mein Kreuz am Halsband und meinen Rosenkranz und begebe mich in den Speisesaal. Als ich dort Lilou wieder treffe, die gerade ein paar Baguette auf den langen Tisch legt, auf dem sonst ein paar alte Krüge, vier, fünf Messer, etwas Wurst und Käse liegen, frage ich sie, ob es denn eine feste Sitzordnung gibt. Sie verneint dies, aber im Prinzip hätte jede hier einen festen Platz. Der einzige freie Platz wäre direkt vorn, gegenüber von Mutter Marie.

Also setze ich mich dort hin. Vor mir sind bereits vier andere Nonnen anwesend und am Tisch sitzend gewesen. Wir haben uns kurz einander vorgestellt, und als dann alle Nonnen an der Tafel versammelt gewesen sind, hat Mutter Marie das Tischgebet gesprochen. Danach wurde gegessen. Mutter Marie sitzt mir genau gegenüber. Ich bin etwas verschämt wegen gestern und traue zu Beginn fast gar nicht Blickkontakt mit ihr zu suchen. Dies fällt auch der Mutter Oberin Claudine auf, die neben Mutter Marie sitzt. Sie erkundigt sich bei ihrer Sitznachbarin, ob ich denn schon bei ihr vorstellig gewesen wäre, was Mutter Marie lächelnd bejaht. Dann will sie weiter wissen, ob ich denn so schüchtern wäre, wie es ihr gerade den Eindruck macht. Bevor sie antwortet sucht Mutter Marie einen festen Blickkontakt zu mir, den ich auch erwidere und sagt dann, dass ich gar nicht schüchtern wäre, was auch Mutter Oberin Claudine ein breites

Lachen ins Gesicht zaubert. Dann erfahre ich, dass ich, bevor ich meinen Novizinnendienst im Kloster antreten kann, noch von meinen Sünden reingewaschen werden muss. Hierfür soll ich etwa eine Stunde nach dem Frühstück in den Beichtstuhl der Kapelle kommen. Mutter Oberin Claudine werde mich dann dort erwarten.

Also frühstücke ich zu Ende und verabschiede mich dann auf mein Zimmer. Dort angekommen, lege ich mich noch eine Weile hin, lasse meine Gedanken schweifen und gehe dann rechtzeitig zum Beichtstuhl, den ich auch auf Anhieb finde.

Dort angekommen betrete ich den Teil, der für die Beichtende vorgesehen ist.

Mutter Oberin Claudine blickt kurz durch die kleine Öffnung in der Wand, die uns beide voneinander trennt. Als sie festgestellt hat, dass ich es bin, die sich gerade gesetzt hat, beginnt sie mir die Beichte abzunehmen und ich nutze die Gelegenheit, um mir alles von der Seele zu reden, was mein Gewissen seit jeher belastet hat.

Ich glaube, dass ich gut zehn Minuten nonstop gesprochen habe. Bevor Oberin Claudine mir die Absolution erteilt, bittet sie mich, zu ihr in die Kammer zu kommen.

Ich bin etwas schockiert, als ich beim Öffnen des Vorhanges erkennen muss, dass Mutter Oberin Claudine völlig nackt auf ihrem Stuhl sitzt. Lediglich ein künstlicher Schweif, den sie an ihrem Intimbereich befestigt hat, schmückt ihren ansonsten freien Körper.

Sie bittet mich einzutreten. Zaghaft komme ich dem nach und betrachte mir hierbei ihren wundervollen Body. Ebenso wie Mutter Marie, sieht man auch ihr das Alter nicht im Geringsten an. Sie ist in der Tat eine wunderschöne 43-jährige Frau mit einer tollen, reinen Haut, einem straffen Busen, wunderschönen Höfen und Brustwarzen, mit denen man gerne spielen möchte.

Eine größere Aufmerksamkeit erreicht sie zum jetzigen Zeitpunkt aber mit dem Tragen des künstlichen Gliedes.

Als ich die Kabine nun betreten habe, erklärt sie mir, dass wir die Sünden aus meinem Körper verbannen müssen. Sie hebt hierzu meine Kutte über meinen Bauchnabel und zeigt sich erfreut darüber, dass ich keinerlei Unterwäsche trage. Dann entkleidet sie mich vollends und legt meinen Habit auf den Boden. Sie betrachtet meinen jungen Körper wohlwollend. Dann greift sie vorsichtig mit ihrer linken Hand zwischen meine Beine. Sie erklärt, dass sie gerne feststellen möchte, ob ich schon bereit dafür bin, den Stab der Reinigung in mir aufzunehmen. Ich öffne meine Schenkel etwas, da Mutter Oberin Claudine sehr an meinem Intimpiercing interessiert zu sein scheint.

Ich sehe die Nonne an, die mich freundlich anlächelt. Während sie mir mitteilt, dass sie mich nun auf die Aufnahme des Stabes der inneren Reinigung vorbereitet, werden meine Brustwarzen hart. Dies bemerkt die Oberin, beugt sich vor und nimmt einen Nippel nach dem anderen in ihrem Mund auf. Zärtlich spielt ihre Zunge mit meinen Knöpfchen, während sich auch meine intime Stelle langsam reibend auf das Eindringen ihres Stabes vorbereitet.

Nachdem sie etwas von meinem Saft an ihren Fingern spürt, teilt sie mir mit, dass ich nun bereit zur Aufnahme wäre. Ich setze mich auf ihren Unterleib und lasse den Stab in mich eindringen. Mutter Oberin Claudine greift mir mit beiden Händen an die Pobacken und führt mich so auf ihrem Schwengel auf und ab. Ich schließe meine Augen und genieße jeden Moment, den der heilige Schweif mich reizt.

Mutter Oberin Claudine fängt an gewisse Sachen zu sagen, die mir eine Absolution erteilen. Sie entsagt mich von der Schuld meiner lüsternen Gedanken und Taten.

Dabei reite ich den großen, schwarzen Stab immer intensiver. Ich stöhne, keuche und auf die Frage, ob ich denn bereuen würde, hauche ich ein erregtes „Ja – selbstverständlich" heraus.

Dann nimmt Mutter Oberin ihre Hände von meinem Po und bittet mich aufzustehen.

So steige ich von ihr ab und bekomme die Anweisung, mich nun vor den Stuhl zu stellen und mich am Rücken des Möbels festzuhalten. Mutter Oberin Claudine spreizt jetzt meine Beine ein klein wenig, dann führt sie den Schwengel wieder in meine nasse Stelle ein und packt mich fest bei den Hüften. Ganz tief müsse der Stab der Reinigung in mich eindringen, um meine Gelüste und schmutzigen Gedanken zu vertreiben. Dabei schüttelt sie mich heftig durch, damit sich die Gedanken in meinem Kopf neu sortieren und keuch werden können. Wie ich diese Beichte genieße. Ich spüre, wie die in mir aufsteigende Hitze mich reinigt. Oh ja, es funktioniert. Immer lauter und erregter stöhne und japse ich unter der religiösen Behandlung durch die Mutter Oberin. Sie fordert mich auf, meinen Geist zu säubern und alle unkeuschen Gedanken zu verbannen.

Unter der Lust meiner Behandlung, bitte sie mir diese Bilder und Taten noch heftiger auszutreiben, was sie auch gerne tut.

Noch härter lässt sie ihren reinigenden Schweif in meine sündige Höhle eindringen, bis ich dann spüre, wie der Herr mir sein eindeutiges Zeichen sendet, dass ich den Höhepunkt erreicht und somit auch seine Absolution erhalten habe.

Mutter Oberin Claudine lässt ihren Stab noch einige Momente in mir arbeiten und verweilt letztlich noch etwas in mir. Dabei beugt sie sich zu mir vor und erklärt mir, dass ich nun vorerst gesäubert wäre, dass ich aber noch einige Reinigungen erfahren müsste, bevor mein Geist und mein Körper von all seinen Sünden reingewaschen wären.

Langsam wieder zu Atem kommend nicke ich Mutter Oberin lächelnd an. Dann schickt sie mich auf mein Zimmer, wo ich auf weitere Arbeitsaufträge warten soll.

Ich greife meine Kutte und mache mich auf den Weg. Als Zeichen der Säuberung, die ich durch die Beichte erfahren habe, muss ich den Weg zu meinem Zimmer unbekleidet aufnehmen.

So langsam fängt es an mir zu gefallen, dass wir hier so häufig nackt umherlaufen. Den Wind, den ich außerhalb der Kapelle, auf dem Weg zum Wohngebäude, auf meiner Haut spüre, ist fast schon wieder so angenehm, dass ich erneut eine leichte Erregung in mir aufkommen spüre.

An diesem Tag ist niemand mehr auf mich zugekommen, sodass ich mich in meinem Zimmer mit der Lektüre der Bibel beschäftigt habe. Das hätte ich mir vor einiger Zeit auch noch nicht träumen lassen. Aber wie heißt es so schön: Die Wege des Herrn sind sonderbar ... wie wahr, wie wahr ... . Und wer hätte gedacht, dass er so freizügig ist.

Küchendienst mit Lilou und Florence

Am Morgen habe ich mich auf meinen „angestammten" Platz am Frühstückstisch gesetzt. Ich habe mitbekommen, dass sich Mutter Marie bei Mutter Oberin Claudine erkundigt hat, wie meine Beichte denn vonstattengegangen ist. Die Beichtmutter hat sich sehr erfreut gezeigt, aber auch darauf hingewiesen, dass weitere Beichten notwendig wären, um mich von all meinen Sünden zu befreien. Daraufhin erwidert Mutter Marie, dass sich dies mit ihrem ersten Eindruck von mir deckt, und dass auch sie sich mir weiterhin zuwenden möchte, damit ich einen bestmöglichen Start in mein neues Leben haben werde. Ich selbst habe mir das Gespräch teilnahmslos angehört.

Als wir unser gemeinsames Frühstück beendet haben, hat Mutter Marie mir meine erste Aufgabe im Kloster zugeteilt. Ich soll nun mit Schwester Lilou und Schwester Florence Küchendienst leisten und mich von den beiden erfahrenen Nonnen einweisen lassen. Dann stehen alle auf und verrichten ihr Tagwerk.

Ich helfe den beiden Nonnen beim Abräumen des Tisches, spüle mit ihnen gemeinsam das Geschirr und während dieser Tätigkeiten, kommen wir ins Gespräch. Sie erzählen mir, dass sie beide 26 Jahre alt sind und vor sieben Jahren gemeinsam hier aufgeschlagen sind, um ihr Leben als Dienerinnen Gottes zu fristen. Ich erkundige mich, ob sich ihre Erwartungen an das Leben als Nonnen erfüllt haben, und ob sie es sich so vorgestellt haben.

Beide sehen sich kurz an, dann grinsen sie frech.

Sie sagen mir, dass ich doch sowohl die Einführung bei Mutter Marie als auch die erste Beichte bei Mutter Oberin Claudine schon hinter mich gebracht habe. Und genauso würde es hier laufen. Fast jeden Tag, mit fast jeder der Nonnen.

Ich frage, ob es denn unter den Nonnen selbst auch so laufen würde. Erneut sehen sich die beiden Schwestern an. Erst grinsen sie, dann nicken sie sich zu.

Jede von ihnen greift sich einen frischgewaschenen Holzlöffel. Ich reiße meine Augen auf. Dann trifft mich auch schon der erste Löffel von Lilou auf meinem Po. Ich zucke weg und quieke leicht. Schon erwischt mich auch Florence. Ich möchte um den großen Tisch, den wir zur Zubereitung der Speisen und zur Ablage des Geschirres nutzen, herumlaufen, aber die beiden Nonnen umzingeln mich. Während Lilou mich in die Hüfte zwickt, drückt Florence meinen Oberkörper nach vorn auf den Tisch. Dann ist es Lilou, die meine Kutte anhebt und so meinen Po freilegt. Unvermittelt spüre ich erneut die beiden Holzlöffel auf meinen Backen aufprallen. Die beiden Nonnen kichern und sagen, dass dies meine Fragen hoffentlich beantworten würde.

Immer wieder lassen die sie ihre Löffel gegen meine Bäckchen klatschen. Lilou meint alsbald, dass sich schon erste rote Stellen bilden würden. Hierauf erwidert Florence, dass das Rot ein Zeichen von Sünde wäre, die sich noch in meinem Körper befindet, und diese müssten sie unbedingt aus mir herausholen, damit ich ein keusches und ehrliches Leben im Zeichen Gottes führen könne. Also machen die beiden Nonnen munter weiter. Und ich genieße die Behandlung. Mit jedem Treffer, auf meinen immer heißer werden Bäckchen, wird es mir auch zwischen den Beinen immer wärmer und feuchter zumute. Ich schließe meine Augen und zucke mit jedem Schlag immer etwas heftiger zusammen. Dann stellt Lilou fest, dass die roten Flecken sich langsam bläulich verfärben. Auch dass sich an der einen oder anderen Stelle an meinem Po schon leicht geschwollene Erhebungen abzeichnen, stört die beiden Schwestern nicht. Munter, aber mit angemessenen Pausen zwischen den Schlägen, versohlen sie mich fröhlich weiter. Und es ist schön.

Erst als sich der erste Schleimfaden aus meiner nassen Mitte Richtung Boden zieht, unterbrechen sie ihre Tat. Florence nimmt diesen Faden mit dem Stiel ihres Löffels auf und hält ihn mir vor die Nase. Ich grinse.

Lilou ist daraufhin der Meinung, dass dies das Böse wäre, welches in mir ruht, und dass sich jetzt seinen Weg nach draußen suchen würde. So müsste man ihm, so ist ihre Überzeugung, nun heraus helfen. Sie kniet sich hinter mich und schiebt den Stiel ihres Holzbesteckes, mit der Spitze, in meine feuchte Stelle hinein. Die Nonne möchte sich meinen Unterleib hierbei wohl ganz genau betrachten und bittet Florence, dass sie mir meine Pobacken etwas auseinander drückt, damit sie das Böse in mir besser sehen könnte. Sofort unternimmt die Schwester, worum sie gebeten wird, und ich kann ihre kalten Hände auf meinen heißen Pobacken spüren. Sie knetet diese nun etwas, während Schwester Lilou den Stil des Löffels richtig tief in mich einführt und unvermittelt hin und her zu bewegen beginnt. Was für ein Genuss. Florence küsst meine warmen

Bäckchen und gleichzeitig wird mir die Sünde ausgetrieben. Und wie. Ich kann richtig spüren, wie sich das Böse in mir regt.

Als ich meinen Kopf nach einer kurzen Weile einmal nach hinten drehe, kann ich sehen, dass sich die beiden Nonnen intensiv mit ihren Zungen küssen. Dabei stöhnen sie sich zu, dass auch sie besessen sind, aber jetzt vor allem mir, den Teufel austreiben werden. Und ich fordere es ein. Verzweifelt mit dem Bösen in mir am Kämpfen, verlange ich, dass es mir ausgetrieben wird. Mit aller Härte.

Da lassen sich meine beiden Schwestern natürlich nicht lange bitten. Während Lilou weiterhin versucht, meine inneren Dämonen mit dem Löffelstil aufzuwecken, versohlt mir Florence mit ihrem Holzbesteck die Pobacken. Als sich diese nun endgültig blau verfärbt haben, und mir die ersten Tränen über das Gesicht laufen, nimmt sie sich etwas von dem Mehl, welches neben mir, zum Zwecke des Brotbackens, liegt, und verteilt es über meinem Hinterteil. Dies findet auch Lilous Gefallen, die mich immer schneller mit ihrem Löffel bearbeitet.

Schon bald wird das Böse in mir vollends erweckt sein und sich zu seinem Höhepunkt erheben. In mir bebt es förmlich. Ich beginne zu zucken und zu zappeln, vor Erregung, sodass sich Florence dazu entschließt, sich über mich zu beugen und meine Arme festzuhalten.

Dann ist es soweit, dass das Böse sich in mir lauthals seinen Ausdruck verschafft. Etliche Blitze und Wellen durchfahren mich, als ich spüre, dass Lilou wirklich jede Sünde in mir aufgerührt hat. Es scheint gar nicht mehr enden zu wollen und ich lasse die beiden Nonnen hemmungslos hören, wie sehr es in mir arbeitet.

Jedoch haben nicht nur die beiden Küchenschwestern von der Vertreibung des Bösen in mir mitbekommen, sondern auch Mutter Marie, die wutentbrannt in die Küche gelaufen kommt, und uns zur Rede stellt. Besonders den Missbrauch der Nahrungsmittel stellt sie als schwere Sünde da und verdonnert uns dazu, noch am morgigen Freitag Buße zu tun.

Schnell ziehe ich meine Kutte wieder zurecht, richte meinen weißen Schleier und ... und weiß gar nicht, was ich jetzt unternehmen soll? Hektisch und voller Schuldgefühle blicke ich zu Florence und Lilou, die ihrerseits unter sich schauen, während uns Mutter Marie eine Standpauke hält, die sich gewaschen hat. Gerade als sie für einen Moment schweigt, weil sie uns fragt, was wir uns dabei gedacht haben, dies in der Küche zu veranstalten, fällt mir der Holzlöffel, der immer noch an meiner zu reinigenden Stelle gesteckt hat, auf den Steinboden und verursacht ein lautes Geräusch.

Ich glaube nicht, dass ich mich in meinem bisherigen Leben schon einmal so geschämt habe. Lilou muss lachen. Mutter Marie bekommt die Farbe einer vollreifen Tomate ins Gesicht, äußert so etwas wie „Grmpf", stapft stocksauer aus der Küche und knallt die alte Holztür dermaßen zu, dass man Angst haben muss, dass sie auseinanderbricht.

Als die ältere Nonne entschwunden ist, kann sich auch Florence ein lautes Lachen nicht mehr verkneifen. Den beiden Nonnen kommen die Tränen vor Lachen. Nur ich bin völlig aufgeregt und still. Ich hebe den Löffel auf und reinige ihn.

Die Buße mit Schwester Bernadette und Schwester Brigitte

Nachdem wir uns wieder beruhigt haben, beenden Florence, Lilou und ich unseren Küchendienst und bereiten das Mittagessen zu.

Glücklicherweise scheint Mutter Marie nicht sehr nachtragend zu sein, sodass sie sowohl während dem Essen als auch danach nichts weiter zu mir sagt.

Erst nach dem Abendbrot erhalte ich von Schwester Stephanie einen Zettel, auf dem steht, dass ich mich aufgrund meines sündigen Fehlverhaltens in der Küche, am morgigen Freitag, um 15 Uhr in der Gärtnerei einzufinden habe, um dort, mir aufgetragene Strafarbeiten zu verrichten.

Als ich mich dann ins Bett gelegt habe, frage ich mich, wie diese Strafarbeiten wohl aussehen werden. Ich sehe mich im Dreck nach Würmern wühlen und mit bloßen Händen das Unkraut im Rosengarten jäten. Aber alle Gedanken helfen nichts. Morgen werde ich es sehen.

Und so ist es dann auch. Als ich mich um kurz vor 15 Uhr im Garten bei Mutter Oberin Claudine melde, die heute Nachmittag die Aufsicht über die Strafarbeiten innehat, sind bereits zwei andere Nonnen anwesend, die ebenfalls Buße tun müssen. Es wundert mich zwar, dass weder Florence noch Lilou hier sind, aber ich traue mich auch nicht, nach den beiden Frauen zu fragen.

Mutter Oberin Claudine verfügt, dass wir alle drei ins Gewächshaus zum Gemüse gehen und dort die reifen Tomaten, Gurken und fünf Salate ernten sollen. Danach sollen wir uns dann wieder mit dem Gemüse bei ihr, hier im Garten melden.

So tun wir, was uns aufgetragen worden ist. Die 20-jährige Schwester Bernadette, die ich ja bereits aus dem Waschraum kenne, ist hier, weil sie gestern Abend ein paar Schlucke zu viel von unserem Selbstgebrannten getrunken hat und in Folge dessen, singend über den Flur getorkelt ist. Die 22-jährige Schwester Brigitte, die ich bisher nur vom Sehen her kenne, ist hier, weil sie unter der Woche zweimal dabei erwischt worden ist, dass sie sich erotische Fotografien und Zeitschriften angesehen hat, die innerhalb der Klostermauern verboten sind.

Als wir im Gewächshaus ankommen, herrscht doch eine enorme Hitze. Sofort öffnen wir die kleinen Kippfenster, damit wir wenigstens etwas frische Zugluft zu spüren bekommen. Mutter Oberin Claudine sonnt sich derweil mitten auf der Wiese auf einem Liegestuhl. Sie trägt eine große Sonnenbrille und hat ihre Kutte bis zu den Oberschenkeln hochgezogen. Anscheinend möchte sie mal ein klein wenig durchlüften, erklärt Bernadette albern und wir halten uns die Hände vor den Mund, damit man uns nicht lachen hört.

Dann wollen wir mit unserer Arbeit beginnen, jedoch habe ich keinerlei Erfahrung im Umgang mit Gemüse und der Ernte. Ich weiß also nicht, welches Gemüse reif, essbar oder halt zum Pflücken bereit ist.

Bernadette und Brigitte sind aber gerne bereit mir zu helfen. Jede von ihnen pflückt eine Gurke und hält sie mir vor die Nase. Dabei machen sie eine typische Bewegung, die das stimulieren eines männlichen Geschlechtsteils darstellen soll. Eine davon, nämlich die dickere nehme ich meine Hand und prüfe sie ebenso wie Brigitte. Währenddessen bemerkt Bernadette, dass man diese Früchte, wenn sie reif sind, nicht nur mit den Händen bearbeiten kann, sondern sie sich auch in den Mund stecken könnte, was sie dann auch unvermittelt macht. Brigitte zögert nicht lange und drückt das Gemüse noch ein ganzes Stück tiefer in den Rachen der jungen Nonne hinein. Diese bekommt sofort einen Würgereflex, verschluckt sich an ihrem Speichel und muss laut husten. Brigitte lacht. Ich ebenso. Dann halte ich meinen freien Zeigefinger vor meine Lippen und bedeute den beiden Frauen leiser zu sein, damit Mutter Oberin Claudine uns nicht hört und vorbeikommt. Schnell sehen wir in ihre Richtung, können aber feststellen, dass ihr Kopf, in die uns entgegengesetzte Richtung, zur Seite, weggekippt ist. Sie scheint also eingeschlafen zu sein. Brigitte und Bernadette kichern. Dann stellt die 20-jährige fest, dass es hier verdammt heiß ist und ruckzuck hat sie sich ihrer Kutte entledigt. Und was muss ich erkennen. Dieses junge Miststück, einer gottesgläubigen Schlampe ist tatsächlich dünner und wohlgeformter, als ich. Aber okay. Was noch nicht ist, kann ja noch werden. Die wird schließlich auch älter und ich bin erst ein paar Tage hier.

Sei es drum. Jedenfalls nimmt sich Brigitte die Gurke zur Hand, die eben noch in Bernadettes Rachen gesteckt hat, und stößt damit gegen ihren Unterbauch. Dabei bemerkt sie kichernd, dass gerade dieses Gemüse sich, wenn es denn reif ist, besonders gut, in dieser Region des Körpers machen würde.

Bernadette stimmt dem zu, setzt sich auf den kleinen Tisch, der zum Grobreinigen des Gemüses gedacht ist, bevor man es in den Korb legt, spreizt ihre Beine und hebt ihre Kutte hoch, sodass man ihre empfindlichste Stelle frei sehen kann.

Sofort gibt Brigitte ihrer Freundin die Gurke wieder in die Hand, damit die diese in ihrem Mund mit Speichel anfeuchten kann. Brigitte selbst kniet sich vor die Nonne hin, öffnet ihre glattrasierte Spalte und beginnt diese zu lecken und deren Knöpfchen zu reizen. Die Verwöhnte lehnt ihren Kopf leicht nach hinten, schließt ihre Augen und beginnt unmittelbar, die Gurke in ihrem Mund zu bewegen und zu drehen.

Auch ich werde bei diesem Anblick sofort erregt. Dennoch ist so eine Situation schuld daran, dass ich hier zur Verrichtung von Strafarbeiten, anwesend sein muss. Trotzdem halte auch ich eine Gurke in der Hand und beginne unbewusst damit, sie zu reiben. Als es mir bewusst wird, wandert mein Blick direkt zu Mutter Oberin Claudine, die aber wirklich zu schlafen scheint. Also entschließe ich mich meinerseits dazu, mich an diesem aufregenden Spiel zu beteiligen. Ich knie mich hinter Brigitte, hebe ihre Kutte an und beginne von hinten mit ihrer bereits feuchten Spalte zu spielen, indem ich einen Finger an ihr reibe. Sie dreht sich kurz zu mir um und lächelt mich an. Dann nähert sie ihren Kopf an meinen und wir geben uns einen leidenschaftlichen Zungenkuss.

Dann scheint Bernadette bereit für das grüne Gemüse zu sein. Sie reicht es ihrer Freundin und diese schiebt ihr die Gurke in ihre feuchte Höhle ein.

Da auch ich spüren kann, dass Brigitte schon Empfängnisbereit ist, nehme ich die grüne Gemüsepflanze, stelle sie senkrecht auf den Boden und helfe meiner Ordensschwester dabei, sich die lange Stange in ihre Lustzone einzuführen. Ich halte sie dabei unten fest, und sie reitet auf ihr. Währenddessen bewegt sie die Gurke in ihrer Hand heftig in der Spalte von Bernadette. Ein heißes Gestöhne und Gekeuche beginnt. Immer wieder sehe ich über den Rand der Beete hinüber, auf die Wiese, wo Mutter Oberin Claudine schläft. Bei dem munteren Treiben meiner Schwestern, wird's auch mir immer wärmer in meiner Mitte.

Dann möchte auch ich verwöhnt werden. Brigitte bekommt es hin, die Gurke auch ohne mein Zutun in ihrem Spalt zu halten, sodass ich Gelegenheit habe mich auszuziehen. Schnell landet meine Kutte auf dem Boden und ich lege mich breitbeinig darauf. Bernadette steigt vom dem kleinen Tischchen herab, entkleidet sich ihrerseits und setzt sich mit ihrem Unterleib auf mein Gesicht, sodass ich sie mit meiner Zunge liebkosen kann. Gleichzeitig nähert sich Brigitte mit ihrer Mitte an meine an und schiebt zuerst mir, dann sich selbst ihre Gurke in die feuchte Höhle. Dann beginnt sie diese zu bewegen und so kommen wir alle Drei auf unsere Kosten. Es ist ein herrlich wildes Treiben, welches wir hier veranstalten. Nun ist es uns auch völlig gleich, ob wir erwischt werden, oder nicht. Wir lassen unserer Lust freien Lauf. Brigitte drückt mir ihren Unterleib so sehr entgegen, dass ich manchmal Probleme bekomme, nach Luft schnappen zu können und Bernadette lässt das lange Gemüse immer schneller zwischen uns hin und her wandern.

Dann ist es an der Zeit, dass wir die Positionen wechseln.

Gerade als wir uns erhoben haben, steht Mutter Oberin Claudine hinter uns. Wir verharren unmittelbar in unseren Positionen und starren sie an. Sofort bekomme ich ein ganz flaues Gefühl in die Magengegend. Immerhin sind wir alle nackt. Da gibt es keine Ausreden. Dann mustert sie uns. Sie entdeckt die beiden Gurken und weiß wohl genau, was hier gerade geschehen ist.

In strengem Ton will die Oberin wissen, wessen verdorbene Idee diese kleine Orgie gewesen ist. Bernadette opfert sich für uns und hebt ihre Hand. Mutter Claudine schaut sie erbost an und fragt uns, was sie denn nun mit uns machen sollte. Verschämt und in Erwartung einer erneuten, vielleicht auch härteren Bestrafung schauen wir unter uns.

Die Mutter Oberin schaut sich kurz um, dann bittet sie Brigitte zwei weitere Gurken zu ernten und wieder herzukommen.

Erstaunt schaue ich die ältere Nonne an. Diese entkleidet sich nun und dies scheint sie schweren Herzens zu tun. Dann fordert sie uns auf, dass wir uns in einen Kreis legen. Bernadette soll sich vor ihr platzieren, Brigitte sich dann zwischen Bernadette und mich legen und ich soll mich schließlich zwischen Brigitte und die Mutter Oberin Claudine bewegen. Dann erhält jede von uns eine Gurke, die sie dann der jeweils vor sich liegenden Frau in die sündige Höhle der Lust einführen, und so das Böse freireiben soll. Ich würde mein Gemüse, dann in die Lusthöhle der Mutter Oberin einführen, die hierin das Böse von uns drei Sünderinnen aufnehmen würde. Aus diesem Grund würden wir einen Kreis bilden, damit unsere

Sünden von Bernadette ausgehend, über die Gurke in Bernadette und in mich überfließen werden und ich gebe sie dann in den Schoss von Mutter Oberin weiter, die unsere Sünden auf sich nimmt.

Und so geschieht es dann auch. Wir vier Frauen liegen nun auf dem Boden in einer Form, die man weitestgehend als Kreis bezeichnen könnte und bespielen unsere Lustzonen mit Gurken. Auch wenn ich gar nicht wissen möchte, wie dies aussieht, ist es eine sehr schöne Erfahrung, wenn sich so viele Frauen gleichzeitig von ihren lasterhaften Gedanken und Taten befreien. Vor allem, wenn es auf so eine Art und Weise geschieht. Aber Mutter Oberin Claudine hat es so gewollt und sich bereit erklärt unsere Sünden in sich aufzunehmen.

Noch viel hemmungsloser und ungezügelter leben wir jetzt unsere sündigen Triebe aus.

Auch die Mutter Oberin scheint von der Art und Weise, wie sie uns hier vom Bösen befreit, sehr angetan zu sein. Es scheint ihr sehr schwer zu fallen, nicht die Erste zu sein, die ihren Höhepunkt erlebt. Immer wieder zuckt ihr Unterleib unter meiner Behandlung zusammen. Und da auch ich nicht mehr fern der größten Freude bin, die eine junge Frau erleben kann, fällt es mir sehr schwer die Intensität meiner Bewegungen mit der Gurke zu kontrollieren. Zu guter Letzt ist dann aber doch so, dass wir drei jüngeren Nonnen das Durchfließen des Bösen in uns zu erleben, bevor Oberin Claudine dann all unsere sündigen Gedanken in sich aufnimmt und so ihren Höhepunkt erlebt.

Wild schnaufend liegen wir nun da, sehen in die hitzige Runde und lächeln. Nur Mutter Oberin Claudine schaut direkt wieder streng drein. Sie erhebt sich und tadelt unsere sündigen Triebe verbal. Dann erklärt sie, dass sie sich jetzt in die Kapelle zurückziehen wird, um für unsere verdorbenen Seelen zu beten. Artig bedanken wir uns für ihre großzügige Tat und greifen unsere Kutten, damit wir sie wieder anziehen können. Mutter Oberin Claudine nimmt ihren Habit derweil nur in die Hand und marschiert damit Richtung Kapelle. Bevor sie uns verlässt, verlangt sie noch in strengem Ton, dass wir jetzt sofort, die uns übertragenen Aufgaben erfüllen und uns danach direkt in dem Waschraum zum Säubern begeben sollen. Wir bejahen dies und unternehmen nun, was uns auferlegt worden ist.

Die Nacht mit Schwester Chantal

Nachdem ich meine Strafarbeiten erledigt, mich gewaschen, das Abendgebet und auch das Abendessen hinter mich gebracht habe, bin ich ziemlich erledigt. Das erste Wochenende in meinem neuen Leben steht an. Es ist Freitagabend und ich bin hier. Zum ersten Mal, seit doch sehr langer Zeit, werde ich nicht ausgehen. Keine Freundinnen treffen und einen drauf machen.

Aber was soll es. Unter dem Strich habe ich eine tolle erste Woche gehabt.

Gerade als ich mich in mein Zimmer begeben möchte, höre ich ein leises Stöhnen. Ich folge dem Geräusch und lande vor dem Zimmer meiner linken Nachbarin, Schwester Chantal.

Sie ist eine 29-jährige Nonne, die als Jugendliche ins Kloster gekommen ist. Sie ist eine Waise und lebt hier seit 15 Jahren. Chantal ist dafür bekannt, dass es ihr zu gut gefällt, dass sie in der Brennerei des Klosters ihre Arbeit gefunden hat. Und so scheint es auch diesen Abend wieder der Fall zu sein, dass sie sich bereits eine halbe Flasche des guten „Stoffes" gegönnt hat, der hier hergestellt und vertrieben wird.

Ich stelle mich neben den Eingang zu ihrem Zimmer und beobachte sie. Ich kann erkennen, dass eine halbvolle Schnapsflasche auf ihrem Nachttisch steht und sie in ihrem Bett liegt. Eine Kerze lässt den Raum ein wenig erkennen. Sie scheint sich gerade selbst von ihren Sünden zu reinigen, wenn ich diesen Sprachgebrauch von Mutter Oberin Claudine hier mal so übernehmen darf.

Ich betrachte mir die 29-jährige noch eine Weile. Immer wieder greift sie abwechselnd zur Flasche und unter die Bettdecke, wo sie sich dann wild stöhnend zu räkeln beginnt. Ich blicke mich auf dem Gang um. Es scheinen schon alle zu schlafen. Also schleiche ich mich leise in das Zimmer meiner Nachbarin hinein.

Als ich an ihrem Bett ankomme, scheint sie sich gerade die Sünden aus dem Körper reiben zu wollen.

Dann öffnet sie einen kurzen Moment ihre Augen und entdeckt mich. Natürlich erschreckt sie sich und muss sich erst einmal wieder sammeln. Sie scheint wirklich sehr betrunken zu sein. Das stört mich aber nicht weiter. Ich habe den Alkohol im Atem von Frauen beim Küssen schon immer mehr genossen, als ich es jemals zugeben würde. Da Schwester Chantal sichtlich durcheinander wirkt, setze ich mich in Höhe ihres Bauches, neben sie auf das Bett, und beruhige sie wieder. Ich reiche ihr ihre Flasche und sie nimmt einen ordentlichen Schluck. Als auch ich mir dann einen „Tropfen" gönnen möchte, fordert sie mich fast lallend auf, ihr nicht alles wegzusaufen. Ich muss lachen und erkläre ihr, dass ich nicht deswegen hier wäre. Das findet sie gut und möchte dann aber doch noch wissen, weshalb ich hier bin.

Ohne ein weiteres Wort zu sagen, stelle ich mich neben das Bett und ziehe meine Kutte aus. Sie setzt sich auf ihre Bettkante und betrachtet mich. Mit schwerer Stimme sagt sie, dass sie mich sehr hübsch findet. Ich lächle Schwester Chantal an und erkläre ihr, dass mich ihre schönen, straffen Brüste mit den kleinen Höfen, ihre hell leuchtenden, blauen Augen und ihre schulterlangen, schwarzen Haare sehr erregen.

Dann zieht sie sich an mich heran und beginnt damit meinen Bauchnabel zu liebkosen. Dabei fasst sie mit ihren Händen an meine Pobacken und reibt diese erst kurz, bevor damit anfängt, sie zu streicheln. Ich fahre derweil mit meinen Händen durch ihre Haare und drücke ihren Kopf fester an mich heran. Ihre Küsse werden intensiver und ich bekomme bei den Gedanken daran, wie wir uns gleich lieben werden, eine Gänsehaut vor Erregung. Dann treffen sich unsere Blicke und ich lasse mich auf sie drauf fallen. Wir lassen jetzt unsere Zungen miteinander spielen und dabei fährt sie mit ihren Fingernägeln über meinen Rücken. Erst nur ganz zart, dann etwas härter und als die Küsse voller Leidenschaft und Intensität sind, so fest, dass sie mir Spuren auf dem

Rücken hinterlässt. Hmm, wie sehr ich es genieße, wenn es auch Mal etwas grober wird. Meine Lustzone ist schon wieder einsatzbereit. Ich spüre, wie die Hitze in mir aufsteigt und sich ihr Recht einfordert, von dieser besoffenen Nonne benutzt zu werden. Ganz unvermittelt fordere ich nun auch genau dies von Schwester Chantal ein. Ich steige von ihr herab, lege mich auf den Rücken und winkel meine Beine an. Bevor meine Ordensschwester nun ihre Zunge in meiner nassen Höhle vergräbt, nimmt sie noch einen kräftigen Schluck aus der Pulle. Trotz ihres Zustandes ist sie sehr gut mit ihrem Geschmacksorgan zugange. Immer wieder durchfahren mich kleine Blitze, die mit jeder Berührung heftiger und schärfer werden. Ich kann ein lautes Stöhnen nun nicht mehr unterdrücken. Dann hört Chantal plötzlich auf und sagt, dass sie das jetzt auch möchte. Ich schlage ihr vor, dass sie sich auf mein Gesicht setzen soll, sodass wir uns gegenseitig große Freuden bereiten können.

Die Idee gefällt ihr, nur leider dauert es recht lange, bis sie es koordiniert bekommt, sich auf mir niederzulassen. Weiterhin muss sie natürlich die kurze Unterbrechung nutzen, um sich einen weiteren, großen Schluck zu genehmigen. Nachdem sie nun noch einen heftigen Rülpser hat verlauten lassen, geht es weiter. Sie taucht ihre Zunge wieder in mein nasses Becken und auch ich vergrabe mein Geschmacksorgan in ihre feuchte Liebeszone. Wir reizen uns eine ganze Zeit lang sehr intensiv, aber dennoch sensibel, bis Schwester Chantal fragt, ob sie es mir denn mit ihrer Hand schön machen soll. Ich denke mir nichts weiter dabei und stimme dem zu, unter der Bedingung, dass ich es ihr auf dieselbe Art und Weise heiß werden lassen darf. Meine Ordensschwester freut sich so sehr über mein Angebot, dass ich anfange zu glauben, dass wir über verschiedene Dinge miteinander geredet haben. Und tatsächlich stellt sich heraus, dass meine Partnerin nicht gemeint hat, dass sie mir vielleicht zwei oder drei Finger in meiner Lustzone einführen möchte, sondern ihre gesamte Hand.

Das ist etwas, was ich noch nie erlebt habe. Aber die Dimension des Reizes, die von diesem Vorgehen ausgeht, ist enorm. Ich schließe meine Augen und kann es kaum glauben, wie intensiv die Reizung meines Inneren hierbei vonstattengeht. Als sie ihre Hand vollständig in mir vergraben hat, weiß ich gar nicht, in welche Richtung ich mich zu winden habe, um diese Art und Weise der Penetrierung aushalten zu können. Ich stöhne laut, ich schreie, ich halte mir die Hand vor den Mund, weil ich am heutigen

Tag kein weiteres Mal von Mutter Oberin Claudine oder Mutter Marie, bei einer sexuellen Tätigkeit erwischt werden möchte.

Aber es geht nicht anders. Als Schwester Chantal ihre Hand in meinem Innersten zu drehen und zu bewegen beginnt, fühlt es sich an, als würden mich 20.000 Volt durchfließen. Mein Unterleib gleicht einem einzigen, gewaltigen Reiz, als würde ich am gesamten Körper mit einem riesigen Nadelkissen gestochen werden. Ich glaube, dass ich bereits nach zwei Minuten soweit gewesen bin, dass ich einen nie da gewesenen Höhepunkt erlebt habe. Noch dazu Einen, der wie eine Sturmflut aus mehreren Wellen, die immer wieder am Strand aufschlagen, auf mich niederkommt. Mein ganzer Körper wird heiß und als ich das Unwetter in meinem Inneren überstanden habe, versuche ich Schwester Chantal dazu zu bewegen, ihre Hand aus mir heraus zu nehmen, was sich aufgrund ihres Zustandes als recht schwierig erweist, mir dann aber doch noch gelingt. Es scheint so, als hätte sie gar nicht mitbekommen, dass ich meinen Höhepunkt schon erlebt habe. Sie wendet sich von mir ab und versucht nach ihrer Flasche zu greifen. Dabei verschätzt sie sich und purzelt vom Bett. Dort bleibt sie liegen und schläft ein. Ich hingegen bin zwar erschöpft, aber trotzdem putzmunter. Ich weiß nicht genau, wie ich diesen Zustand beschreiben soll. Jedenfalls habe ich diese Spielart noch nie erlebt. Aber ich bin mir ganz sicher, dass sie ab heute ein fester Bestandteil meines Lebens bleiben wird. Die Mischung aus Schmerz und einem angenehmen Reiz, der in einem furiosen Finale ihr Ende findet, ist total mein Ding.

So bleibe ich noch eine ganze Weile auf dem Bett liegen und trinke den Rest aus der Flasche leer. Es gefällt mir irgendwie, dass ich in einem fremden Bett liege, etwas angetrunken bin und auch diese anderen Gerüche wahrnehmen kann. Hier fühle ich mich zum ersten Mal, seitdem ich hier bin, nicht mehr einsam. Vielleicht bin ich jetzt aber auch endgültig in meinem neuen Leben angekommen.

Fest steht für mich jedenfalls, dass ich mir die ersten Tage im Leben einer Novizin, in einem alten Kloster nicht nur völlig anders, sondern auch viel weniger körperlich vorgestellt habe. Wenn es die nächste Woche nun genau so weitergeht, wie es die ersten Tage begonnen hat, werde ich hier ein sehr glückliches zu Hause finden und ein zufriedenes Leben führen.

Und vielleicht werde ich auch davon noch das eine oder andere Mal berichten ... wer weiß ... man wird sehen, was die Zukunft bringt...

Bevor ich jetzt aber in mein Bett torkele, um mich von den Erlebnissen dieses Tages zu erholen, helfe ich meiner Ordensschwester noch ins Bett, decke sie zu und nehme mir die Freiheit, eine der Flaschen mit den guten Tropfen darin, mitzunehmen, die ich eben unter ihrem Bett entdeckt habe. Da sie es ja ist, die den Inhalt der Flaschen herstellt, kann sie diesen kleinen Diebstahl bestimmt verschmerzen und so kann ich Mutter Oberin Claudine wenigstens noch etwas beichten, wenn es am Montag wieder so weit ist, dass ich mich ihr offenbaren muss.